Texte : Dominique Demers
Illustrations : Marie-Claude Favreau

Perline Pompette

À PAS DE LOUP

niveau 3

Je dévore les livres

Dominique et Compagnie

**Données de catalogage avant publication
(Canada)**

Demers, Dominique
Perline Pompette
(À pas de loup)
Pour les enfants de 6 ans et plus.

ISBN 2-89512-046-3

I. Favreau, Marie-Claude. II. Titre. III. Collection.

PS8557.E468P47 1999   jC843'.54   C98-941441-8
PS9557.E468P47 1999
PZ23.D45Pe 1999

Directrice de collection : Lucie Papineau
Conception graphique : Diane Primeau

Dépôts légaux : 1er trimestre 1999
Bibliothèque nationale du Québec
Bibliothèque nationale du Canada

ISBN 2-89512-046-3

Dominique et compagnie
Une division des éditions Héritage inc.
300, rue Arran, Saint-Lambert (Québec) J4R 1K5
Téléphone : (514) 875-0327
Télécopieur : (450) 672-5448
Courriel : info@editionsheritage.com

Imprimé au Canada

10 9 8 7 6 5 4

Nous remercions le Conseil des Arts du Canada de l'aide
accordée à notre programme de publication, ainsi que la
SODEC et le ministère du Patrimoine canadien.

LE CONSEIL DES ARTS | THE CANADA COUNCIL
DU CANADA | FOR THE ARTS
DEPUIS 1957 | SINCE 1957

SODEC

SOCIÉTÉ DE
DÉVELOPPEMENT
DES ENTREPRISES
CULTURELLES
Québec ::

À mes petits grands cousins :
Charlotte, Benoît et Antoine,
et à tous mes lecteurs,
prince ou princesse.

À la naissance de leur fille, monsieur
et madame Pompette sont fous de joie.
– Elle est parfaitement... parfaite !
s'écrie monsieur Pompette.
– C'est une perle ! Une princesse !
ajoute madame Pompette.

Ils la nomment Perline et l'inondent d'amour.
Perline est aussi gâtée qu'une vraie princesse.
Monsieur et madame Pompette ne sont pas riches,
mais ils sont très habiles et créatifs.

Pour son premier anniversaire, Perline Pompette reçoit un trône tout à fait ravissant. Elle s'amuse à y déposer ses royales petites fesses. Les habitants de son royaume la trouvent très drôle.

Son bonheur fait la joie de ses parents.
Parfois même, monsieur et madame
Pompette oublient qu'ils ne
sont ni roi ni reine.
Ils oublient que leur fille
n'est pas vraiment
une princesse.

Pour son deuxième anniversaire de naissance,
Perline Pompette reçoit un carrosse somptueux et
une magnifique monture.

La petite princesse adore son Gros-Galop.
Et Gros-Galop adore sa petite princesse.

Tous les jours, Gros-Galop et Perline
parcourent leur royaume pour voler au
secours des gens en difficulté.

Leur ardeur est sans limites, leur courage immense. Il leur arrive parfois de petits accidents... mais ils savent éviter les pires catastrophes.

Le jour de son troisième anniversaire,
Perline reçoit une robe d'un chic fou.
Elle l'enfile immédiatement, grimpe sur
Gros-Galop et part en promenade.

Devant la vitrine d'une librairie,
Perline s'exclame, ravie :
– Oh ! un livre sur moi !

Monsieur et madame Pompette sont un peu gênés lorsque Perline s'adresse au libraire.
– Je suis Perline Pompette, princesse. Avez-vous d'autres livres sur moi ? lui demande-t-elle avec un sourire charmeur.

Le libraire la trouve vraiment mignonne. Il lui offre un livre de princesse en cadeau. Pour le remercier, Perline lui tend gracieusement sa main.

Au quatrième anniversaire de Perline, madame Pompette organise un bal et prépare un festin grandiose.

Les jeunes invités dévorent tout, courent partout et dansent comme des fous. Ils sont très contents de la fête, mais trouvent Perline un peu... bizarre.

Perline va bientôt commencer l'école. Monsieur et madame Pompette s'inquiètent. Leur fille adorée se prend encore pour une vraie princesse !

Ils décident de lui parler.

Un matin, pendant que Perline avale son lait
à la fraise, monsieur Pompette lui avoue qu'il n'est
pas roi.
— Je ne suis même pas riche du tout, admet-il,
un peu triste.

Perline éclate de rire. Elle ne le croit pas.

Madame Pompette tente de la convaincre :
– Les vraies princesses ont des bijoux,
ma chérie. Et toi, tu n'en as pas... dit-elle
doucement.

Perline est un peu troublée. Elle réfléchit
sérieusement en se servant des céréales
Crounchi-Crounche.

Soudain, une bague brillante atterrit dans son bol.
– Oh ! une bague de princesse ! s'écrie Perline.
La bague lui va parfaitement.
Perline saute au cou de ses parents :
– Merci, mon beau gros papa chéri d'amour !
Merci, ma belle maman adorée de mon cœur !
Monsieur et madame Pompette n'osent rien dire.

C'est aujourd'hui le premier jour d'école.
Perline a très hâte. Avant de partir, elle ajuste
sa couronne et son voile. Malheureusement,
Gros-Galop ne peut pas l'accompagner.

Mademoiselle Mandibule fait l'appel des noms. Lorsqu'elle dit « Perline Pompette », Perline ajoute :
– Princesse !

PRINCESSE !

Les yeux de mademoiselle Mandibule
s'arrondissent en découvrant Perline.
– J'aimerais que tu enlèves cette…
couronne, ordonne le professeur.
– Je suis désolée, mademoiselle, répond
Perline. Les princesses bien éduquées
n'enlèvent pas leur couronne à l'école.

À la récréation, les enfants s'en donnent à
cœur joie.
– Princesse mes fesses, se moque Mario Méchant.
Les autres enfants répètent à tue-tête :
– Princesse mes fesses ! Princesse mes fesses !

Perline ne semble même pas entendre.

Au début de l'après-midi, mademoiselle Mandibule demande à Perline d'effacer le tableau.

– Je suis désolée, mademoiselle. Les princesses ne font jamais le ménage, répond poliment Perline.

Mademoiselle Mandibule commence à en avoir assez.

– Tu te prends vraiment pour une princesse, hein? demande-t-elle.

– Non, mademoiselle. Je SUIS une vraie princesse.

Mario Méchant crie :
– Alors, PROUVE-NOUS que tu es une princesse !

Perline réfléchit.

Qu'arrive-t-il aux princesses lorsqu'elles grandissent et vont à l'école ? se demande-t-elle.

Presque aussitôt, un vaste sourire illumine son visage.

– Vous allez voir ! dit simplement Perline.
– Oui ! On va voir que t'es une nouille, réplique
Sandra Senbon, la chipie de la classe.

La cloche va bientôt sonner. La première journée d'école est presque terminée. Perline sourit toujours. Elle paraît même très excitée.

Soudain, on cogne à la porte. Mademoiselle Mandibule ouvre et pousse un petit cri.

Un jeune garçon entre. Il est beau comme un acteur et porte des vêtements très élégants.

– Nous avons un nouvel élève dans la classe, annonce mademoiselle Mandibule avec une drôle de voix. Il s'appelle...

– Paulo Paquette, prince ! dit le petit garçon en souriant de toutes ses dents.